Arthur Conan Doyle

Les Trois Étudiants

Texte et illustration de couverture : © domaine public
Edition : Culturea (Hérault, 34)
Contact : infos@culturea.fr
Retrouvez notre catalogue sur http://culturea.fr
Imprimé en Allemagne par Books on Demand
Design typographique : Derek Murphy
Layout : Reedsy (https://reedsy.com/)

Dépôt légal : janvier 2023
Tous droits réservés pour tous pays

ISBN : 9791041927760

Table des matières

Les trois étudiants

Ce fut au cours de l'année 1895 qu'un concours de circonstances, sur lesquelles je n'ai pas lieu de revenir, poussa Mr. Sherlock Holmes et moi-même à passer quelques semaines dans une de nos grandes villes universitaires. Ce fut au cours de cette période que la brève mais instructive aventure que je me propose de relater nous arriva. Il va sans dire que tout détail qui pourrait aider le lecteur à identifier précisément l'université ou le criminel serait aussi inconsidéré qu'offensant. Un scandale aussi pénible a droit à l'oubli. Avec toute la discrétion nécessaire, l'incident lui-même peut cependant être raconté tant il illustre certaines des capacités qui font de mon ami un homme remarquable. Je m'efforcerai, au cours de mon récit, d'éviter tous les termes qui contribueraient à situer les événements ou à donner une indication quant aux personnes concernées.

Nous résidions alors dans un logement meublé à proximité d'une bibliothèque où Sherlock Holmes poursuivait des recherches laborieuses sur les premières chartes anglaises — recherches qui aboutirent à des résultats si frappants qu'elles pourraient faire l'objet d'une de mes futures narrations. Voici qu'un soir nous reçûmes la visite d'une de nos connaissances, Mr. Hilton Soames, directeur d'études et professeur à l'université de St. Luke. Mr. Soames était un homme grand, maigre et de tempérament nerveux. Je l'ai toujours connu remuant. Mais en cette occasion précise, il se trouvait dans un tel état d'agitation que je compris immédiatement la survenue d'un fait inhabituel.

— J'espère, Mr. Holmes, que vous pourrez me consacrer quelques heures de votre précieux temps. Un incident très pénible s'est produit à St. Luke et, en toute vérité, n'eût été votre présence providentielle en ville, j'aurais été incapable de savoir comment agir

– Je suis actuellement très occupé et ne souhaite aucune distraction, répondit mon ami. Je préférerais de beaucoup que vous fassiez appel à la police.

– Non, non, mon cher monsieur, une telle éventualité est absolument impossible. Une fois qu'on fait appel à la loi, on ne peut s'y soustraire et il s'agit justement d'une de ces affaires pour lesquelles il est essentiel d'éviter tout esclandre. Il en va de l'honneur de l'université. Votre discrétion est aussi célèbre que vos facultés et vous êtes le seul homme au monde capable de m'aider. Je vous supplie, Mr. Holmes, de faire ce que vous pouvez.

Depuis qu'il était séparé du cadre agréable de Baker Street, l'humeur de mon ami ne s'était pas améliorée. Privé de ses albums de coupures de journaux, de ses ustensiles de chimie et de son désordre confortable, il avait perdu de son caractère affable. Il haussa les épaules en un geste d'assentiment peu aimable tandis que notre visiteur avec un flot de paroles précipitées et une gesticulation nerveuse, nous racontait son histoire.

– Je dois vous expliquer, Mr. Holmes, que demain débutent les examens pour la bourse Fortescue. Je fais partie des examinateurs. Ma discipline est le grec ancien et la première épreuve est une traduction d'un texte que les candidats ne connaissent pas. Cet extrait est imprimé sur du papier d'examen et le candidat qui pourrait le préparer à l'avance bénéficierait bien entendu d'un immense avantage. C'est pourquoi nous veillons tout particulièrement à tenir le sujet secret.

« Aujourd'hui, vers trois heures, les épreuves sont arrivées de chez l'imprimeur. L'exercice consiste en la moitié d'un chapitre de Thucydide. Je dois le relire avec attention car le texte doit être rigoureusement correct. À quatre heures trente, ma tâche n'était pas achevée. J'avais, cependant, promis à un ami de prendre le thé avec lui, j'ai donc laissé les épreuves sur mon bureau. Je me suis absenté à peine plus d'une heure.

« Vous savez, Mr. Holmes, que les portes de notre université sont doubles : une matelassée à l'intérieur et une lourde porte en chêne à l'extérieur. De retour, en approchant de ma porte extérieure, je m'étonnai de voir une clef dans la serrure. J'ai pensé une seconde que c'était la mienne que j'avais oubliée là. Mais en tâtant ma poche, je constatai que ça n'était pas le cas. Le seul double existant, pour autant que je sache, est celui de mon domestique, Bannister – un homme qui s'occupe de mon domicile depuis dix ans et dont l'honnêteté est absolument hors de soupçon. Je découvris que la clef était cependant la sienne, qu'il était entré dans mon bureau pour savoir si je voulais du thé et qu'avec la plus grande négligence il avait laissé sa clef sur la porte en partant. Sa visite a dû suivre de très près mon départ. Son étourderie à propos de la clef n'aurait pas été très grave en n'importe quelle autre occasion mais, ce jour-là, elle a eu les plus déplorables conséquences.

« À l'instant où je posai les yeux sur mon bureau, je compris que quelqu'un avait fouillé dans mes papiers. Les épreuves tenaient sur trois grands feuillets. Je les avais laissés tous ensemble. L'un d'entre eux était à présent sur le sol, l'autre sur la desserte près de la fenêtre et le troisième là où je l'avais laissé.

Holmes réagit pour la première fois.

– La première page sur le sol, la deuxième devant la fenêtre, la troisième où vous l'aviez laissée, fit-il.

– Exactement, Mr Holmes. Vous me stupéfiez. Comment pouvez-vous le savoir ?

– Je vous en prie, poursuivez votre passionnant récit.

– J'ai pensé une seconde que Bannister avait pris l'impardonnable liberté de fouiller mes papiers. Mais il a nié avec la plus grande vigueur et je suis convaincu qu'il dit la vérité.

L'autre possibilité est que quelqu'un passant par là, voyant la clef sur la porte et sachant que j'étais sorti, est entré pour lire les épreuves. Une grosse somme d'argent est en jeu. La bourse d'étude est très élevée, et un homme peu scrupuleux pourrait très bien prendre des risques dans le but de posséder un avantage sur ses camarades.

« L'incident a profondément bouleversé Bannister. Il s'est presque évanoui en découvrant que les épreuves avaient de toute évidence été touchées. Je lui ai servi un petit verre d'alcool et je l'ai laissé effondré dans un fauteuil tandis que j'inspectais très attentivement la pièce. Je découvris rapidement qu'en dehors des feuillets froissés, l'intrus avait laissé d'autres traces de sa présence. Sur la table près de la fenêtre, se trouvaient plusieurs copeaux de crayon qu'on avait taillé ainsi qu'un morceau de mine de plomb. De toute évidence, le vaurien, copiant l'épreuve en toute hâte, avait cassé son crayon et avait été obligé de retailler la mine.

– Parfait ! s'exclama Holmes.

Son intérêt croissant pour l'affaire, mon ami recouvrait sa bonne humeur.

– La chance vous a souri.

– Ça n'est pas tout. J'ai un nouveau bureau recouvert d'une fine épaisseur de cuir rouge. Je suis prêt à jurer, comme Bannister, qu'elle était lisse et sans tache. J'y ai découvert une entaille nette de sept à huit centimètres de long. Pas une simple égratignure, mais une coupure nette. Ça n'est pas tout. Sur la table, j'ai découvert une petite boule de pâte ou de terre noire, avec des grains qui ressemblent à de la sciure. Je suis sûr que ces traces ont été laissées par l'homme qui a lu les documents. Il n'y avait pas d'empreinte et aucun autre indice sur son identité. Je ne savais plus que faire quand brusquement je me suis souvenu de votre présence en ville et je suis venu aussitôt déposer cette affaire entre vos mains. Aidez-moi, Mr. Holmes. Vous voyez mon dilemme. Ou je découvre l'identité de cet homme ou l'examen sera repoussé, le temps de préparer un nouveau sujet, et comme cela ne peut être fait sans explication, il s'ensuivra un affreux scandale qui jettera une ombre non seulement sur le département mais sur l'université tout entière. Je désire par-dessus tout régler l'affaire dans la plus grande discrétion.

– Je serai heureux de m'y pencher et de vous donner tous les conseils que je pourrai, assura Holmes en se levant pour mettre son manteau. L'affaire n'est pas totalement dénuée d'intérêt. Quelqu'un est-il venu vous rendre visite après que les épreuves vous ont été envoyées ?

– Oui, le jeune Daulat Ras, un étudiant indien qui habite le même bâtiment. Il est venu me demander des précisions sur l'examen.

– Pour lesquelles il est entré ?

– Oui.

– Et les épreuves étaient sur votre bureau ?

– Pour autant que je m'en souviens, elles étaient roulées.

– Mais pouvaient être identifiées comme étant le sujet ?

– Peut-être.

– Personne d'autre dans votre bureau ?

– Non.

– Quelqu'un savait-il que les épreuves s'y trouveraient ?

– Personne à l'exception de l'imprimeur.

– Ce Bannister était-il au courant ?

– Non, certainement pas. Personne n'était au courant.

– Où est Bannister en ce moment ?

– Il se sentait très mal, le pauvre. Je l'ai laissé dans un fauteuil. J'avais hâte de venir vous voir.

– Vous avez laissé votre porte ouverte ?

– J'ai d'abord mis les épreuves sous clef.

– Alors cela revient à dire, Mr. Soames que, à moins que l'étudiant indien n'ait reconnu le rouleau comme étant les épreuves de l'examen, l'homme qui les a touchées est tombé dessus par hasard, sans savoir qu'elles étaient là.

– C'est également ce qu'il me semble. Holmes eut un sourire énigmatique.

– Bien, fit-il, allons-y. Ça n'est pas une de vos affaires, Watson : intellectuelle, pas physique. Bon, venez si vous le voulez. À présent, Mr. Soames, nous sommes à votre disposition !

Le salon de notre client était doté d'une large fenêtre, basse et treillissée, qui donnait sur l'ancienne cour de l'établissement recouverte de lichen. Une porte voûtée de style gothique conduisait à un escalier de pierre usé. Au rez-de-chaussée, se trouvaient les appartements du directeur d'études. Au-dessus habitaient trois étudiants, un à chaque étage. Le crépuscule était presque tombé lorsque nous arrivâmes sur les lieux de notre problème. Holmes s'arrêta, observa la fenêtre avec un grand intérêt puis s'en approcha et, sur la pointe des pieds et le cou tendu, il jeta un coup d'œil dans la pièce.

– Il a dû entrer par la porte. Il n'y a pas d'autre ouverture à part la vitre, nous confia notre guide érudit.

– Vraiment ! répondit Holmes avec un sourire curieux à l'adresse de notre compagnon. Bien, s'il n'y a rien à apprendre ici, nous ferions mieux d'entrer.

Le professeur ouvrit la porte extérieure et nous fit pénétrer chez lui. Nous restâmes dans l'entrée le temps que Holmes examine le tapis.

– J'ai peur qu'il n'y ait aucun indice ici, fit-il. On peut difficilement y compter par une aussi sèche journée. Votre domestique semble avoir récupéré. Vous l'avez laissé dans un fauteuil, dites-vous. Lequel ?

– Près de la fenêtre.

– Je vois. Près de cette petite table. Vous pouvez entrer à présent. J'en ai fini avec le tapis. Voyons tout d'abord cette desserte. Naturellement, ce qui s'est passé est très clair. L'homme est entré et a pris les papiers, feuille à feuille, sur le bureau principal. Il les a apportés sur la table de la fenêtre parce que, de là, il pouvait vous voir traverser la cour et donc s'enfuir.

– En fait, il n'a pas pu, rectifia Soames, parce que je suis rentré par la porte latérale.

– Ah, très bien ! C'est, en tout cas, ce qu'il avait en tête. Voyons ces trois feuilles. Pas d'empreintes digitales, non. Bien, il a d'abord pris celle-ci et l'a copiée. Combien de temps lui a-t-il fallu en utilisant toutes les abréviations possibles ? Un quart d'heure, pas moins. Puis il l'a jetée et s'est emparé de la suivante. Il était concentré sur cette tâche lorsque votre retour l'a obligé à une retraite précipitée – *très* précipitée, parce qu'il n'a pas eu le temps de remettre les feuillets en place, bien qu'ils témoignent de sa présence. Vous n'avez pas entendu des pas précipités dans les escaliers en franchissant la porte extérieure ?

– Non.

– Bon, il a écrit à une telle allure qu'il a cassé son crayon et a dû, comme vous l'avez observé, le retailler. C'est ce qui est intéressant, Watson. Ce crayon n'est pas quelconque. Il est de taille courante, doté d'une mine tendre, sa couleur extérieure est bleue, le nom du fabricant est imprimé en lettres d'argent et le morceau qui reste ne doit mesurer que quatre centimètres de long. Cherchez un crayon qui corresponde, Mr. Soames, et vous aurez votre homme. Quand je vous aurai dit qu'il possède un grand couteau très peu tranchant, vous aurez un indice supplémentaire.

Mr. Soames était quelque peu dépassé par ce flot d'informations.

– Je peux suivre les autres points, fit-il, mais vraiment, en ce qui concerne la longueur...

Holmes lui présenta un petit copeau avec les lettres NN suivies d'un espace de bois clair.

– Vous voyez ?

– Non, je crains que même avec ça...

– Watson, je me suis toujours montré injuste envers vous. Je vais continuer. Que peuvent signifier ces NN ? Ces lettres sont à la fin d'un mot. Vous savez que Johann Faber est le nom du fabricant le plus courant. N'est-il pas clair qu'il reste juste assez de crayon pour ce qui suit généralement le Johann ?

Il poussa la desserte jusqu'à la lumière électrique.

– J'espérais, si le papier sur lequel il a écrit était assez fin, que des traces seraient restées sur cette surface polie. Non, je ne vois rien. Je ne crois pas en apprendre davantage ici. Passons au bureau. Cette petite boulette est, je présume, la masse terreuse noire dont vous nous avez parlé. De forme grossièrement pyramidale et creuse à ce que je constate. Comme vous le disiez, il semble y avoir des grains de sciure. Vraiment très intéressant. Et l'entaille : une indéniable déchirure, à ce que je vois. Elle commence avec une légère éraflure et finit par un trou déchiré. Je vous suis très reconnaissant d'avoir attiré mon attention sur cette affaire, Mr. Soames. Où conduit cette porte ?

– À ma chambre.

– Y êtes-vous entré depuis votre aventure ?

– Non, je suis directement venu vous voir.

– J'aimerais y jeter un œil. Quelle pièce agréable avec son charme suranné ! Voudriez-vous avoir l'amabilité d'attendre une minute, le temps que j'examine le sol. Non, je ne vois rien. À quoi sert ce rideau ? Vous suspendez vos vêtements derrière. Le lit étant trop bas et la penderie pas assez profonde, si quelqu'un était forcé de se dissimuler dans cette pièce, il devrait le faire ici. Il n'y a personne, je suppose ?

Tandis que Holmes soulevait le rideau, j'avais conscience, à la raideur de son attitude, qu'il était prêt à toute éventualité. En fait, le rideau tiré ne dévoila rien d'autre que trois ou quatre costumes suspendus à une rangée de patères. Holmes se retourna et s'arrêta brusquement.

– Oh là ! Qu'est-ce que c'est ? s'exclama-t-il.

C'était une petite pyramide d'un genre de glaise noire, exactement semblable à celle trouvée sur le bureau. Holmes l'exposa dans sa paume ouverte à la lumière de la lampe électrique.

– Votre visiteur semble avoir laissé des traces dans votre chambre autant que dans votre salon, Mr. Soames.

– Qu'est-ce qu'il a bien pu venir chercher ici ?

– Cela me semble assez clair. Vous êtes rentré par un chemin imprévu. Rien ne l'a donc prévenu de votre arrivée avant que vous ne soyez à la porte même. Que pouvait-il faire ? Il a ramassé tout ce qui pouvait trahir sa présence et s'est précipité dans votre chambre pour se cacher.

– Juste ciel, Mr. Holmes, vous voulez dire que, durant tout le temps où je parlais à Bannister, l'homme était notre prisonnier si seulement nous l'avions su ?

– C'est ainsi que je vois les choses.

– Il y a certainement une autre explication, Mr. Holmes. Avez-vous observé la fenêtre de ma chambre ?

– Fenêtre treillissée, châssis de plomb, trois vitres séparées dont une sur gonds et assez large pour qu'un homme puisse y passer.

– Exactement. Et l'angle selon lequel elle donne sur un coin de la cour la rend partiellement invisible. L'homme a pu entrer par ici, laisser des traces en passant et, finalement, la porte étant ouverte, s'être enfui par là.

Holmes secoua la tête avec impatience.

– Soyons pratique, fit-il. Je vous ai entendu dire que trois étudiants utilisent cet escalier et ont l'habitude de passer devant votre porte.

– Oui, c'est exact.

– Et ils vont tous passer l'examen ?

– Oui.

– Avez-vous une raison de soupçonner l'un d'entre eux plus que les autres ?

Soames hésita.

– C'est une question délicate, commença-t-il. Personne n'aime semer le doute quand il n'y a aucune preuve.

– Exprimez vos doutes, je me charge des preuves.

– Alors je vais vous dépeindre en quelques mots le caractère des trois jeunes hommes qui habitent ces chambres. À l'étage le moins élevé, demeure Gilchrist, excellent étudiant et athlète. Il fait partie des équipes de rugby et de cricket de l'université et il a défendu nos couleurs dans la course de haies et le saut en longueur. C'est un brave et vigoureux garçon. Son père était le célèbre sir Jabez Gilchrist qui s'est ruiné au turf. Mon étudiant s'est retrouvé dans une grande pauvreté mais il est travailleur et appliqué. Il s'en sortira.

« Le second étage est occupé par Daulat Ras, l'Indien. C'est un garçon paisible et impénétrable, comme le sont la plupart des Indiens. Il se débrouille bien dans son travail. Le grec est cependant son point faible. Il est sérieux et méthodique.

Le dernier étage appartient à Miles McLaren. C'est un garçon brillant quand il décide de travailler – un des esprits les plus brillants de l'université ; mais il n'en fait qu'à sa tête, il est dissipé et sans scrupules. Il a failli être renvoyé suite à un scandale aux cartes au cours de sa première année. Il s'est montré très paresseux durant tout le trimestre et il doit redouter très sérieusement les examens.

– C'est donc lui que vous suspectez ?

– Je n'irais pas jusque-là. Mais il est le moins improbable des trois.

– Précisément. À présent, Mr. Soames, voyons votre domestique, Bannister.

C'était un petit homme blême, aux cheveux grisonnants, rasé de près et d'environ cinquante ans. Il souffrait encore de ce brusque désordre dans la tranquille routine de son existence. Son visage rebondi était contracté par la nervosité et ses doigts ne tenaient pas en place.

– Nous enquêtons sur cette triste affaire, Bannister, expliqua son maître.

– Oui, monsieur.

– J'ai cru comprendre, fit Holmes, que vous aviez laissé votre clef sur la porte ?

– Oui, monsieur.

– N'est-ce pas tout à fait extraordinaire que cela se produise le jour précis où les épreuves sont livrées ?

– C'est très regrettable, monsieur. Mais cela s'est déjà produit en d'autres occasions.

– Quand êtes-vous entré dans la pièce ?

– Il était aux alentours de quatre heures et demie. C'est l'heure du thé de Mr. Soames.

– Combien de temps êtes-vous resté ?

– Quand j'ai vu qu'il n'était pas là, je me suis aussitôt retiré.

– Avez-vous regardé ces papiers sur le bureau ?

– Non, monsieur, certainement pas.

– Comment se fait-il que vous ayez oublié la clef sur la porte ?

– Je portais le plateau du thé. Je me suis dit que je reviendrais chercher ma clef et puis j'ai oublié.

– La porte extérieure est-elle équipée d'une serrure à pompe ?

– Non, monsieur.

– Elle est donc restée tout le temps ouverte ?

– Oui, monsieur.

– N'importe qui dans la pièce aurait pu sortir ?

– Oui, monsieur.

– Lorsque Mr. Soames est revenu et vous a appelé, vous étiez très perturbé ?

– Oui, monsieur. Durant mes nombreuses années de service ici, une chose pareille ne s'est jamais produite. Je me suis presque évanoui, monsieur.

– Je le comprends. Où vous trouviez-vous quand vous avez commencé à vous sentir mal ?

– Où me trouvais-je, monsieur ? Eh bien, là, près de la porte.

– C'est étrange parce que vous vous êtes assis dans ce fauteuil là-bas dans le coin. Pourquoi avoir passé ces autres sièges ?

– Je ne sais pas, monsieur, je n'ai pas fait attention à l'endroit où je m'asseyais.

– Je ne pense vraiment pas qu'il ait eu conscience de ça, Mr. Holmes. Il avait l'air très mal en point, une mine épouvantable.

– Vous êtes resté ici après le départ de votre maître ?

– Seulement une minute. Puis j'ai fermé la porte et je suis retourné dans ma chambre.

– Qui soupçonnez-vous ?

– Oh, je ne me hasarderais pas à répondre, monsieur. Je ne crois pas qu'il y ait un seul gentleman dans l'université capable de profiter d'une telle action. Non, monsieur, je n'en crois rien.

– Merci, ça ira, fit Holmes. Oh, encore un mot. Vous n'avez pas fait mention d'un problème quelconque à l'un des trois gentlemen que vous servez ?

– Non, monsieur, je n'ai rien dit.

– Vous n'en avez vu aucun ?

– Non, monsieur.

– Très bien. À présent, Mr. Soames, si vous le voulez bien, allons nous promener dans la cour.

Trois carrés jaunes de lumière brillaient au-dessus de nous dans l'obscurité croissante.

– Vos trois oiseaux sont au nid, constata Holmes en levant les yeux. Oh là ! Qu'est-ce que c'est ? L'un d'entre eux semble assez agité.

Il s'agissait de l'Indien dont la sombre silhouette était brusquement apparue derrière son store. Il arpentait rapidement sa chambre.

– J'aimerais leur rendre une petite visite, fit Holmes. Est-ce possible ?

– Pas la moindre difficulté, répondit Soames. Cette série d'appartements est la plus ancienne de l'université et des visiteurs viennent fréquemment les voir. Venez, je vais vous conduire personnellement.

– Pas de nom, je vous en prie ! souffla Holmes alors que nous frappions à la porte de Gilchrist.

Un jeune homme grand, blond et svelte, l'ouvrit et nous fit gracieusement entrer quand il comprit l'objet de notre visite. Il y avait quelques pièces d'architecture médiévale intérieure réellement très intéressantes. Holmes fut tellement séduit par l'une d'entre elles qu'il insista pour en faire un croquis dans son calepin, cassa son crayon, dut en emprunter un à notre hôte et emprunta finalement un couteau pour tailler le sien. Le même curieux incident se produisit dans les appartements de l'Indien — un garçon taciturne, petit et doté d'un nez crochu, qui nous regarda d'un œil soupçonneux. Il se montra de toute évidence soulagé quand les observations architecturales de Holmes prirent fin. Dans les deux cas, je ne pus savoir si Holmes avait trouvé l'indice qu'il cherchait. Mais à la troisième visite, nous échouâmes. La porte extérieure ne s'ouvrit pas à notre appel et rien de concluant ne nous parvint de l'autre côté, qu'un torrent d'injures.

— Je me fiche de savoir qui vous êtes. Vous pouvez aller vous faire voir ! rugit une voix coléreuse. J'ai un examen demain et je ne veux pas qu'on me dérange.

— Un garçon mal élevé, fit notre guide, rouge de colère, alors que nous descendions l'escalier. Il n'a naturellement pas réalisé que c'était moi qui avais frappé mais sa conduite est néanmoins des plus impolies et vraiment, étant donné les circonstances, des plus douteuses.

La réaction de Holmes fut étrange.

— Pouvez-vous me donner sa taille exacte ? demanda-t-il.

— Réellement, Mr. Holmes, je ne saurais dire. Il est plus grand que l'indien mais pas aussi grand que Gilchrist. Je suppose dans les un mètre soixante-dix.

— C'est très important, fit Holmes. Et maintenant, Mr. Soames, je vous souhaite une bonne nuit.

Notre guide exprima bruyamment son étonnement et sa consternation.

– Juste ciel, Mr. Holmes, vous n'allez tout de même pas m'abandonner aussi brutalement ! Vous n'avez pas l'air de comprendre la situation. Les examens débutent demain. Je dois prendre une décision ce soir. Je ne peux pas autoriser la session si un des sujets a été éventé, Il faut agir.

– Ne faites rien. Je viendrai tôt demain matin et nous discuterons de tout ça. Il est possible que je sois alors en mesure d'agir. En attendant, ne changez rien. Rien du tout.

– Très bien, Mr. Holmes.

– Vous pouvez être parfaitement tranquille. Nous devrions sans aucun doute trouver le moyen de vous tirer d'embarras. Je vais emporter la glaise noire avec moi ainsi que les copeaux de crayon. Au revoir.

Lorsque nous fûmes dans l'obscurité de la cour, nous levâmes une nouvelle fois les yeux sur les fenêtres. L'Indien arpentait toujours sa chambre. Les autres étaient invisibles.

– Watson, qu'en pensez-vous ? me demanda Holmes alors que nous rejoignions la route principale. Un petit jeu de salon, un genre de tour à trois cartes, n'est-ce pas ? Vous avez trois jeunes hommes. Le coupable doit être l'un d'entre eux. Faites votre choix. Pour lequel optez-vous ?

– Le grossier personnage du dernier étage. C'est lui qui a le pire casier judiciaire. Mais cet Indien est également sournois. Pourquoi arpente-t-il sa chambre sans cesse ?

– Cela ne signifie rien. Beaucoup d'hommes agissent ainsi quand ils essayent d'apprendre quelque chose par cœur.

– Il nous a regardés d'une drôle de façon.

– Vous en auriez fait autant si une flopée d'étrangers venaient vous déranger alors que vous préparez un examen pour le lendemain et que chaque instant comptait. Non, je ne vois rien là-dedans. Les crayons aussi et les couteaux, tout était satisfaisant. Mais ce type me laisse perplexe.

– Qui ?

– Mais Bannister, le domestique. Quel est son rôle dans cette affaire ?

– Il m'a fait l'impression d'être un homme parfaitement honnête.

– Moi aussi. C'est ça, le plus étrange. Pourquoi un parfait honnête homme... Enfin, voici une grande papeterie. Nous devrions commencer nos recherches ici.

Il n'y avait que quatre papeteries de quelque importance en ville et, dans chacune d'entre elles, Holmes exhiba ses copeaux de crayon et réclama le modèle correspondant. Tous reconnurent qu'ils pouvaient le commander mais qu'il ne s'agissait pas d'un modèle courant et qu'ils en avaient rarement en stock. Mon ami ne sembla pas affecté par ces échecs et se contenta de hausser les épaules en un geste de résignation presque comique.

– Tant pis, mon cher Watson. Ceci, le meilleur et décisif indice, n'a rien donné. Mais en fait, je ne doute pas que nous puissions éclaircir l'affaire sans lui. Par Jupiter, mon cher camarade, il est presque neuf heures et la patronne avait parlé de petits pois à sept heures trente. Ce qui, j'imagine, en plus de votre éternel tabac, Watson, et de votre irrégularité à table, va vous valoir votre congé et je vais devoir partager votre déchéance. Mais pas avant que nous ayons résolu le problème du directeur d'études nerveux, du domestique négligent et des trois étudiants audacieux.

Holmes ne fit pas d'autre allusion à l'affaire ce jour-là bien qu'il restât perdu dans ses pensées longtemps après notre dîner tardif. À huit heures du matin, il entra dans ma chambre juste au moment où j'achevais ma toilette.

– Bien, Watson, fit-il, il est temps d'aller à St. Luke. Pouvez-vous le faire sans petit-déjeuner ?

– Certainement.

– Soames sera dans cet épouvantable état de nerfs tant que nous ne lui aurons rien dit de concret.

– Vous avez quelque chose de concret à lui dire ?

– Je crois.

– Vous avez une conclusion ?

– Oui, mon cher Watson, j'ai résolu le mystère.

– Mais quel nouvel indice avez-vous pu dénicher ?

– Ah ! ça n'est pas en vain que je me suis levé à six heures du matin. À cette heure matinale, j'en ai fourni deux de dur labeur et parcouru au moins huit kilomètres avec le résultat que voici. Regardez !

Il tendit la main. Dans sa paume se trouvaient trois petites pyramides de glaise noire.

– Mais enfin, Holmes, vous n'en aviez que deux hier.

– Et une de plus ce matin. C'est un argument des plus convaincants pour affirmer que, quelle que soit la provenance du n° 3, elle est la même pour les n°ˢ 1 et 2. Hein, Watson ? Venez, allons sortir notre ami Soames de ses difficultés.

Lorsque nous arrivâmes chez lui, l'infortuné directeur d'études était dans un état patent de pitoyable agitation. L'examen débutait dans quelques heures et il était toujours déchiré par le même dilemme : rendre les faits publics ou laisser le coupable concourir pour une bourse très élevée. Son excitation mentale était telle qu'il parvenait péniblement à se contenir. Il se précipita sur Holmes, deux mains avides tendues vers lui.

– Dieu merci, vous êtes venu ! J'avais peur que vous n'ayez abandonné de désespoir Que vais-je faire ? Dois-je maintenir l'épreuve ?

– Mais bien sûr.

– Et ce vaurien ?

– Il n'y participera pas.

– Vous le connaissez ?

– Je pense que oui. Si cette affaire ne doit pas être rendue publique, nous devons nous octroyer certains pouvoirs et nous constituer en petite cour martiale privée. Si vous voulez bien vous installer ici, Soames Watson, là ! Je prendrai le fauteuil du milieu. Je pense à présent que nous sommes suffisamment impressionnants pour emplir de terreur un esprit coupable. Je vous en prie, sonnez !

Bannister pénétra dans la pièce et recula de surprise et de peur face à notre apparence impartiale.

– Voulez-vous fermer la porte ? fit Holmes. À présent, Bannister, voulez-vous nous dire la vérité à propos de l'incident d'hier ?

L'homme pâlit jusqu'à la racine de ses cheveux.

– Je vous ai tout dit, monsieur.

– Vous n'avez rien à ajouter ?

– Rien du tout, monsieur.

– Alors laissez-moi vous faire quelques suggestions. Lorsque vous vous êtes assis sur ce fauteuil hier, l'avez-vous fait dans le but de dissimuler quelque objet qui aurait trahi celui qui avait pénétré dans la pièce ?

Le visage de Bannister était livide.

– Non, absolument pas.

– Ça n'est qu'une suggestion, poursuivit Holmes d'une voix doucereuse. J'avoue franchement être incapable de le prouver. Mais cela semble suffisamment probable parce que, dès que Mr. Soames eut tourné le dos, vous avez relâché l'homme qui se cachait dans cette chambre.

Bannister passa la langue sur ses lèvres desséchées.

– Il n'y avait personne, monsieur.

– Ah, quel dommage, Bannister. Jusqu'à présent, vous avez pu dire la vérité mais, maintenant, je sais que vous mentez.

Le visage de l'homme afficha un air de bravade renfrognée.

– Il n'y avait personne, monsieur.

– Allons, allons, Bannister !

– Non, monsieur, il n'y avait personne.

– Dans ce cas, vous ne pouvez nous fournir d'autres informations. Voulez-vous rester dans la pièce ? Mettez-vous là, près de la porte de la chambre. Maintenant, Soames, je vais vous demander d'avoir l'extrême amabilité de monter chez le jeune Gilchrist et de lui demander de descendre chez vous.

Un instant plus tard, le directeur d'études revenait en compagnie de l'étudiant. C'était la silhouette élancée d'un homme grand, souple et agile, à la démarche élastique et au visage ouvert. Ses yeux bleus inquiets se posèrent sur chacun d'entre nous avant de s'arrêter avec consternation sur Bannister dans le coin le plus éloigné.

– Fermez la porte, commanda Holmes. Bien, Mr. Gilchrist, nous sommes pratiquement seuls dans cette pièce et personne ne saura jamais un seul mot de ce qui va se passer entre nous. Nous pouvons être parfaitement francs les uns envers les autres. Nous voulons savoir, Mr. Gilchrist, comment vous, un homme d'honneur, en êtes venu à commettre une action telle que celle d'hier ?

L'infortuné jeune homme recula en lançant un regard horrifié et lourd de reproches à Bannister.

– Non, non, Mr. Gilchrist, monsieur, je n'ai pas dit un mot, pas un mot ! s'écria le domestique.

– Non, mais vous venez de le faire, lança Holmes. Monsieur, après les propos de Bannister, nous pouvons considérer que votre position est sans espoir et que votre seule chance réside dans une franche confession.

Durant un court instant, Gilchrist, les mains levées, s'efforça de contrôler ses traits déchirés. La seconde d'après, il s'écroulait à genoux à côté du bureau. Enfouissant sa tête entre ses mains, il éclata en de violents sanglots.

– Allons, allons, l'encouragea gentiment Holmes, l'erreur est humaine. Au moins, personne ne peut vous accuser d'être un criminel dénué de pitié. Il serait peut-être plus facile pour vous que je raconte à Mr. Soames ce qui s'est passé. Vous m'arrêterez si je me trompe. Vous êtes d'accord ? Bon, bon, ne prenez pas la peine de répondre. Écoutez et veillez à ce que je ne vous fasse pas d'injustice.

« À l'instant où vous m'avez dit, Mr. Soames, que personne, pas même Bannister, ne savait que les épreuves étaient dans votre bureau, l'affaire prit pour moi une tournure précise. L'imprimeur pouvait, naturellement, être écarté. Il pouvait consulter les documents dans son propre bureau. Je ne pensais rien non plus de l'Indien. Si les feuillets étaient roulés, il n'avait aucun moyen de savoir de quoi il s'agissait. Que par ailleurs, un homme s'aventurât à pénétrer dans le bureau le jour où précisément les papiers s'y trouvaient me paraissait une coïncidence inconcevable. J'écartai donc cette possibilité. L'homme qui était entré savait que les papiers s'y trouvaient. Comment le savait-il ?

« Lorsque j'approchai de votre bureau, j'examinai la fenêtre. Vous m'avez amusé en supposant que j'envisageais la possibilité pour quelqu'un de l'avoir franchie en plein jour, au vu de tous les autres appartements. Une telle idée était absurde. Je mesurais en fait la taille que devait avoir un homme pour voir, en passant, quels papiers étaient sur le grand bureau. Je mesure un mètre quatre-vingt-trois et je pouvais le voir sans effort. Personne de plus petit n'en avait la possibilité. Comme vous le voyez, j'avais déjà une raison de penser que, si l'un de vos trois étudiants était d'une hauteur peu courante, il était le suspect le plus valable des trois.

« J'entrai et je vous fis part de mes déductions quant à la petite table. Le bureau principal ne m'apprit rien jusqu'à ce que vous mentionniez le fait que Gilchrist pratiquait le saut en longueur. Tout se clarifia alors en une seconde, il ne me manquait plus que certaines preuves corroborant les faits, preuves que j'obtins rapidement.

« Les choses se sont déroulées ainsi : ce jeune homme a passé son après-midi sur le terrain de sport où il a fait du saut. Il est revenu, ses chaussures de sport à la main, qui sont, comme vous le savez, munies de crampons pointus. En passant devant votre fenêtre, il vit, en raison de sa haute taille, les épreuves sur votre bureau et se douta de quoi il s'agissait. Rien ne serait arrivé si, en passant devant votre porte, il n'avait vu la clef oubliée par votre serviteur négligent. Une brusque impulsion le poussa à entrer pour voir s'il s'agissait bien des épreuves de l'examen. Ça n'était pas un exploit très risqué car il pouvait toujours prétendre être entré pour vous poser une question.

« Ce ne fut qu'en constatant qu'il s'agissait effectivement des épreuves, qu'il céda à la tentation. Il posa ses chaussures sur le bureau. Qu'avez-vous déposé sur le fauteuil près de la fenêtre ?

– Mes gants, fit le jeune homme.

Holmes posa un regard triomphant sur Bannister.

– Il posa ses gants sur le fauteuil et il prit les feuillets, un par un, pour les copier Il pensait que le directeur d'études rentrerait par l'entrée principale et qu'il le verrait. Comme nous le savons, il revint par la porte latérale. Il l'entendit brusquement à la porte d'entrée. Il n'y avait aucune issue possible. Oubliant ses gants, il attrapa ses chaussures et se précipita dans la chambre. Vous constaterez que la déchirure sur le bureau, légère d'un côté, s'approfondit en direction de la chambre. Cela suffit à nous prouver que la chaussure a été traînée dans cette direction et que c'est là que le coupable a trouvé refuge. La terre autour des crampons est restée sur le bureau et un second échantillon est tombé dans la chambre. Je dois ajouter que je suis allé sur le terrain de sport ce matin. J'y ai constaté que cette terre glaise et collante provenait de l'aire de saut et j'en ai prélevé un spécimen mêlé à la fine sciure qu'on y répand pour éviter aux athlètes de déraper. Ai-je dit la vérité, Mr. Gilchrist ?

L'étudiant s'était relevé.

– Oui, monsieur, c'est la vérité, confirma-t-il.

– Seigneur ! Vous n'avez rien à ajouter ? s'écria Soames.

– Si, monsieur, mais le choc de cette révélation déshonorante m'a assommé. J'ai une lettre avec moi, Mr. Soames, que je vous ai écrite très tôt ce matin, après une nuit sans repos. Avant que je sache que mon péché avait été découvert. La voici, monsieur. Vous lirez que « j'ai pris la décision ne pas participer à l'examen. On m'a proposé une mission dans la police rhodésienne et je pars sur-le-champ pour l'Afrique du Sud ».

– Je suis extrêmement heureux d'apprendre que vous n'aviez pas l'intention de profiter de votre avantage déloyal, fit Soames. Mais pourquoi avoir changé d'avis ?

Gilchrist désigna Bannister.

– Voici l'homme qui m'a remis dans le droit chemin, dit-il.

– Approchez, Bannister, demanda Holmes. Vous comprendrez, après ce que j'ai dit, que vous étiez le seul à pouvoir faire sortir ce garçon. Parce que vous étiez seul dans la pièce et que vous avez refermé la porte à clef en sortant. Sa fuite par la fenêtre était invraisemblable. Ne pourriez-vous éclairer le dernier point de ce mystère et nous dire les raisons de votre intervention ?

– Vous l'auriez immédiatement compris, monsieur, si vous aviez su, mais malgré toute votre intelligence, vous ne pouviez pas être au courant. Il fut un temps, monsieur, où j'étais maître d'hôtel du vieux Sir Jabez Gilchrist, le père de ce jeune homme. Lorsqu'il fut ruiné, j'entrai à l'université comme domestique mais, oublié du monde, je n'en abandonnai pas pour autant mon ancien employeur. À cause des jours anciens, je veillais comme je pouvais sur son fils. Monsieur, quand je suis entré dans le bureau hier, l'alerte avait été donnée, la première chose que je vis, ce furent les gants de Mr. Gilchrist abandonnés sur ce fauteuil. Je les connaissais bien et j'ai compris ce qu'ils signifiaient. Si Mr. Soames les voyait, tout était fini. Je me suis effondré dans le fauteuil et rien ne m'en aurait délogé jusqu'au départ de Mr. Soames pour vous voir. Puis mon pauvre jeune maître, que j'avais tenu sur mes genoux, est sorti et m'a tout avoué. N'était-il pas naturel, monsieur, que je veuille le sauver et n'était-il pas naturel que j'essaie de lui parler comme son père l'aurait fait pour lui faire comprendre qu'il ne pouvait profiter d'un tel geste ? Peut-on me blâmer, monsieur ?

– Certainement pas ! s'exclama Holmes avec chaleur en sautant sur ses pieds. Bien, Soames, je crois que nous avons éclairci notre problème et notre petit déjeuner nous attend chez nous. Venez, Watson ! Quant à vous, monsieur je suis sûr qu'un brillant avenir vous attend en Rhodésie. Vous êtes tombé une fois. Montrez-nous, à l'avenir quelles cimes vous pouvez atteindre.

Toutes les aventures de Sherlock Holmes

Liste des quatre romans et cinquante-six nouvelles qui constituent les aventures de Sherlock Holmes, publiées par Sir Arthur Conan Doyle entre 1887 et 1927.

Romans

* Une Étude en Rouge (novembre 1887)
* Le Signe des Quatre (février 1890)
* Le Chien des Baskerville (août 1901 à mai 1902)
* La Vallée de la Peur (sept 1914 à mai 1915)

Les Aventures de Sherlock Holmes

* Un Scandale en Bohême (juillet 1891)
* La Ligue des Rouquins (août 1891)
* Une Affaire d'Identité (septembre 1891)
* Le mystère de la vallée de Boscombe (octobre 1891)
* Les Cinq Pépins d'Orange (novembre 1891)
* L'Homme à la Lèvre Tordue (décembre 1891)
* L'Escarboucle Bleue (janvier 1892)
* Le Ruban Moucheté (février 1892)
* Le Pouce de l'Ingénieur (mars 1892)
* Un Aristocrate Célibataire (avril 1892)
* Le Diadème de Beryls (mai 1892)
* Les Hêtres Rouges (juin 1892)

Les Mémoires de Sherlock Holmes

* Flamme d'Argent (décembre 1892)
* La Boite en Carton (janvier 1893)
* La Figure Jaune (février 1893)
* L'Employé de l'Agent de Change (mars 1893)
* Le Gloria-Scott (avril 1893)
* Le Rituel des Musgrave (mai 1893)
* Les Propriétaires de Reigate (juin 1893)

* Le Tordu (juillet 1893)
* Le Pensionnaire en Traitement (août 1893)
* L'Interprète Grec (septembre 1893)
* Le Traité Naval (octobre / novembre 1893)
* Le Dernier Problème (décembre 1893)

Le Retour de Sherlock Holmes

* La Maison Vide (26 septembre 1903)
* L'Entrepreneur de Norwood (31 octobre 1903)
* Les Hommes Dansants (décembre 1903)
* La Cycliste Solitaire (26 décembre 1903)
* L'École du prieuré (30 janvier 1904)
* Peter le Noir (27 février 1904)
* Charles Auguste Milverton (26 mars 1904)
* Les Six Napoléons (30 avril 1904)
* Les Trois Étudiants (juin 1904)
* Le Pince-Nez en Or (juillet 1904)
* Un Trois-Quarts a été perdu (août 1904)
* Le Manoir de L'Abbaye (septembre 1904)
* La Deuxième Tâche (décembre 1904)

Son Dernier Coup d'Archet

* L'aventure de Wisteria Lodge (15 août 1908)
* Les Plans du Bruce-Partington (décembre 1908)
* Le Pied du Diable (décembre 1910)
* Le Cercle Rouge (mars/avril 1911)
* La Disparition de Lady Frances Carfax (décembre 1911)
* Le détective agonisant (22 novembre 1913)
* Son Dernier Coup d'Archet (septembre 1917)

Les Archives de Sherlock Holmes

* La Pierre de Mazarin (octobre 1921)
* Le Problème du Pont de Thor (février et mars 1922)
* L'Homme qui Grimpait (mars 1923)

* Le Vampire du Sussex (janvier 1924)
* Les Trois Garrideb (25 octobre 1924)
* L'Illustre Client (8 novembre 1924)
* Les Trois-Pignons (18 septembre 1926)
* Le Soldat Blanchi (16 octobre 1926)
* La Crinière du Lion (27 novembre 1926)
* Le Marchand de Couleurs Retiré des Affaires (18 décembre. 1926)
* La Pensionnaire Voilée (22 janvier 1927)
* L'Aventure de Shoscombe Old Place (5 mars 1927)